CH. DE COMBEROUSSE

APPEL

AUX

FEMMES DE FRANCE

LA RANÇON — LE SALUT

❋

VENDU

AU PROFIT DE LA SOUSCRIPTION PATRIOTIQUE

Prix : 50 Centimes

❋

PARIS

LIBRAIRIE DE J.-H. TRUCHY

LEROY FRÈRES, SUCCESSEURS

26, BOULEVARD DES ITALIENS, 26

—

1872

CH. DE COMBEROUSSE

APPEL

AUX

FEMMES DE FRANCE

LA RANÇON — LE SALUT

VENDU

AU PROFIT DE LA SOUSCRIPTION PATRIOTIQUE

Prix : **50** Centimes

PARIS

LIBRAIRIE DE J.-H. TRUCHY

LEROY FRÈRES, SUCCESSEURS

26, BOULEVARD DES ITALIENS, 26

1872

APPEL

AUX

FEMMES DE FRANCE

I.

LA RANÇON.

On vous appelle... à l'œuvre... ô Femmes de la France !..

Ce n'est pas à cette heure une obscure souffrance
Qui demande un regard, une larme à vos yeux.
Vous entr'ouvrez votre âme à tous les malheureux
Et, rien qu'en les voyant, votre main charitable
D'elle-même s'empresse et devient secourable.

Aujourd'hui, le devoir, ô Femmes, est plus grand.
Le malade à guérir, quand la fièvre le prend,
Fait tressaillir le monde et trébucher l'histoire :

Son amère douleur est faite de sa gloire!...
C'est la France qui pleure et qu'il faut consoler,
C'est son front que vos mains doivent presque voiler
Jusqu'aux jours pressentis où luira l'espérance;
C'est le pays en deuil, atteint dans sa puissance,
Qui demande à ses fils de sauver l'avenir
Et que rien ne distrait d'un mortel souvenir!
Voilà l'objet sacré que le monde contemple
Et qui, des coups du sort, est le poignant exemple.
Ce blessé, sans égal dans son adversité,
Guida pendant longtemps la triste humanité.
Au jour de trahison, d'odieuse surprise,
Nul fidèle allié, nulle sage entremise,
N'essaya d'arrêter le sinistre destin.
L'ennemi put frapper en paix ce noble sein,
Et l'inonder d'un sang qui ruisselle encor tiède...
Oh! venez sans tarder, n'épargnez pas votre aide!
Ne savez-vous donc pas quel est votre pouvoir
Pour entraîner la foule aux sentiers du devoir?
Versez sur cette plaie encor large et béante
Le vin fortifiant et l'huile adoucissante.
Soutenez la victime, allégez ses malheurs,
Entrelacez vos bras, associez vos cœurs.
Cette croisade est sainte et doit tenter vos âmes,
Ou bien vous ne seriez ni Françaises, ni Femmes!...

L'Etranger dans l'attente et sur nos champs campé

Reste, en dépit de lui, sombre et préoccupé.
Sans songer à la lie et perdant la mémoire,
Il a bu d'un seul trait la coupe de victoire.
Le fiel a corrompu l'enivrante liqueur
Et brûle sans pitié la gorge du vainqueur.
Lorsque, accoudé le soir au fond de la caserne,
Il redit ses hauts faits avec un air paterne,
Il arrive un moment où, dans l'obscurité,
Se dresse tout à coup la froide vérité.
Tous les crimes commis par un peuple en démence
Se lèvent en formant comme une ronde immense.
L'implacable ennemi se demande, effaré,
Si le demain qu'il rêve est assez préparé,
Et si ces spectres noirs qui lui montrent la nue
Ne lui prédisent pas la vengeance inconnue !
Il a, dans ses discours, tant abusé de Dieu,
Qu'un frisson le secoue en pensant à l'enjeu...
Quand orgueilleusement, par un affreux divorce,
On a dit que le Droit périssait sous la Force,
Sans merci ni sans trêve et pour l'éternité,
Il faut lutter, combattre avec férocité,
Cachant à tous les yeux sa prophétique alarme ;
Car la Justice est là qui jamais ne désarme !
Ainsi, dans son triomphe, inquiet et douteur,
Tournant vers notre France un regard tout songeur,
L'étranger s'interroge : « Est-elle encore vivante?
A-t-elle pu braver cette horrible tourmente?... »

Et l'avide écrivain, le courtisan flatteur,
L'esclave du succès lui répètent en chœur :
« Maître, ne craignez rien!... La mort fait son office.
« De ce pays maudit, l'esprit de sacrifice
« S'est enfui pour jamais. Chacun pense à son toit
« Et, contre l'ouragan, s'assure et se pourvoit.
« Nul élan généreux, nulle union puissante :
« Les liens sont brisés, la Patrie est absente!...
« Des enfants orphelins, des femmes, des vieillards,
« Des marchands empressés, des poëtes bavards,
« Composant en tumulte une foule fiévreuse,
« Sont-ce là des rivaux pour votre âme anxieuse?...
« Laissez-les se bercer d'un espoir mensonger
« Et croire qu'ils pourront revivre et se venger.
« Leur vieille nation est tombée en poussière,
« Et vous pouvez dormir le pied sur la frontière. »

C'est à vous de répondre au vainqueur outrageant,
O Femmes! Et d'abord, jetez-lui notre argent!
Qu'en voyant la Rançon se gonfler comme un fleuve,
Le chef impitoyable et médite et s'émeuve.
Réunissez partout l'obole au million,
Concertez en tout lieu votre sainte action.
Osez, ne craignez pas d'arriver la première :
Demandez au château, suppliez la chaumière!
Qui donc refusera quand vos tristes regards
Montreront du Germain les sombres étendards,

Quand vous rappellerez l'espérance trahie,
Quand vous direz, hélas ! notre terre envahie
Qui doit, trois ans encor, les subir triomphants,
Quand vous peindrez l'amour de ces nobles enfants,
Filles de notre Alsace et Filles de Lorraine ?...
Oh ! les sous et les francs, dans votre bourse pleine,
Pleuvront... accompagnés de larmes, de serments !
Le peuple sentira, dans ces ébranlements,
Se réveiller en lui l'âme de la Patrie :
Il la repoussait grande, il l'aimera meurtrie !...
C'est Jeanne qui chassa les Anglais moissonnés ;
A votre tour, chassez ces Germains étonnés !
De clocher en clocher, sonnez l'auguste aumône :
Implorant du regard, que votre geste ordonne.
Nos pères le disaient : « Ce que la Femme veut,
Dieu le veut !... » Oh ! venez et, d'un cœur plein de feu,
Prouvez par votre élan à l'Europe attentive
Que la France est debout, bien qu'à demi captive !

Et les milliards surpris, entassés dans vos mains,
Feront pâlir d'effroi nos créanciers hautains.
En sanglant leurs chevaux, ils courberont la tête,
Ils flaireront, troublés, le vent de la tempête ;
Franchissant la limite imposée un instant,
Ils oublieront, rêveurs, leur sourire insultant.
Leur langue appesantie essaiera vos louanges :
« Ces Femmes de la France ont des charmes étranges,

« Diront-ils, soucieux... Ces débiles Français
« Accepteraient bientôt nos fulgurants succès ;
« Mais leurs Femmes, dont l'âme est haute et généreuse,
« Sauront transfigurer cette race moqueuse.
« Tout le monde obéit lorsqu'elles ont parlé...
« Une Femme dans Metz n'eût pas capitulé ! »

II.

LE SALUT

Grâce à vous, à Berlin la rançon est livrée :
L'Empereur-Roi la fait compter par sa livrée.
Nous semblons pour longtemps, à ces victorieux,
Accablés et taris, faibles, peu dangereux.
La grande Nation, bafouée avec grâce,
Reçoit d'eux tous les jours l'insulte et la grimace.
Elle a ce dur destin, sans aide et sans abri,
D'être encore attachée à leur lourd pilori.
C'est bien : ils ont leur droit, et nous avons le nôtre :
Nous verrons à la fin celui qui tuera l'autre.

O Femmes, vous avez sauvé de l'Étranger
Ce sol sacré, déjà tant de fois en danger.
Maintenant, faites plus, sauvez-nous de nous-mêmes.

Il est temps de comprendre, en ces heures suprêmes.
Ce qu'exige de nous l'inexorable sort,
Ce qui mène au salut, ce qui traîne à la mort!

Comme un serpent fatal, la discorde nous ronge
Et, dans l'abîme ému, notre navire plonge;
Pendant que l'équipage, à sa perte acharné,
Lutte afin de savoir qui sera couronné,
Silencieusement, l'eau par le fond s'élève,
Monte vers l'écoutille, et son progrès s'achève.
De minute en minute, un pâle matelot
S'élance sur le pont et prévient que le flot,
Si l'on tarde un instant, va se trouver le maître,
Que quiconque veut vivre aux pompes doit paraître...
Nul n'écoute sa plainte, et la mer monte encor!
Sur le plancher mouvant, de babord à tribord,
Chacun pour sa cocarde intrigue et se consume,
La guerre continue et la haine s'allume.
Stupide aveuglement, logique des partis :
Tous veulent bien mourir, si tous sont engloutis!
Et pendant ce temps-là, tout en haut de la hune,
Le drapeau si souvent comblé par la fortune
Laisse flotter dans l'air ses plis majestueux.
Ce symbole devrait parler à tous les yeux,
Faire vibrer les cœurs, faire tomber les armes,
Éteindre pour jamais nos mortelles alarmes....
Mais qui consent à voir ce signe révéré,

Qui songe à l'avenir, au pays éploré !
Ces ridicules nains qui s'agitent sur place,
Croient avoir devant eux le soleil et l'espace ;
Leur imbécile orgueil se flatte de longs jours...
Sous leurs pieds, cependant, la mer monte toujours !

Femmes, vous le savez, c'est là qu'en est la France.
Nous faut-il murmurer : « laissons toute espérance ! »
Te commençons-nous donc, dernier et sombre hiver,
De notre décadence, ô pronostic amer ?...
Non, non, le froid est rude, et la neige est épaisse ;
Mais le sol se recueille et la moisson s'engraisse !
Vous qui, du cher berceau d'un enfant adoré,
Chassez souvent la mort et son souffle abhorré,
Comment pourriez-vous croire à la Patrie éteinte,
A sa chute éternelle, à sa dernière plainte ?
Votre vie est Espoir, votre nom Dévoûment !...
Dieu, par vous, nous prépare un autre dénoûment.

Quand le soir vient, assis au banquet de famille,
Le père est tout distrait en face de sa fille,
Son gendre à certain mot détourne le regard,
Et ses fils ennuyés demeurent à l'écart.
De nos déchirements, la sinistre influence
Pèse sur la famille et sur sa confiance :
On craint l'aigre dispute, on hésite à parler.
L'un pleure au drapeau blanc et voudrait l'appeler,

L'autre est orléaniste et rêve de la charte ;
Le troisième, à son tour, les pousse et les écarte,
Il est bonapartiste et ne voit de salut
Que dans le vil retour du pouvoir absolu ;
Le dernier pense enfin que notre République
Peut seule nous sauver en cet instant critique.
Qui les ralliera tous sans en blesser aucun,
Qui les réunira dans un baiser commun,
Si ce n'est pas la Femme et si ce n'est la France ?
O mère, ô sœur, ô fille, ayez cette vaillance.
Flétrissez sans merci ces stériles combats
Dont l'étranger triomphe et dont il rit tout bas.
Faites honte aux esprits de leur intolérance,
Ranimez tous les cœurs, ressuscitez la France.
Dites que la Patrie a besoin de repos,
Qu'elle est lasse à son tour de tous ces oripeaux,
Qu'avant de l'asservir il faut qu'on la délivre
Et que, par-dessus tout, elle demande à vivre.
Renvoyez ces docteurs ou Tant-pis ou Tant-mieux,
Si vains de leur savoir et si présomptueux.
Ce qui manque au pays, c'est une noble flamme,
La foi dans l'avenir et le souci de l'âme.
Rendez-lui tous ces biens en lui rendant l'amour !
Oh ! comme on saluerait le magique retour
De l'enfant exilé par notre scepticisme,
Comme on remercierait son jeune despotisme !
Aimer, c'est être bon, aimer c'est être grand !

La nature le dit, et la Femme l'apprend.

Nous avons eu nos torts, vous avez eu les vôtres,
Moins coupables que nous qui devons être apôtres
Qu'un élan fraternel nous rapproche à jamais,
Ou bien, déshonorés, nous plierons sous le faix.
Plus de frivolité, de vulgaires caprices,
De luxe amollissant et de plaisirs factices !
L'État semble prospère en ces jours de gala,
Et nul ne veut alors regarder au delà.
Nous savons aujourd'hui de quelle confiance
Il fallait entourer cette magnificence !
Nous avons payé cher notre incapacité
Et le niais dédain de la simplicité.
Retournons à la source et grandissons notre âme :
O Femmes, pour ce but, prêtez-nous votre flamme.
Que celles qui glissaient à l'abîme en riant,
Remontent vers le bien par un effort puissant.
Et vous, qui conserviez la lampe de sagesse,
Éclairez votre front d'un peu plus de tendresse,
Quittez plus tôt le temple et ses sombres arceaux
Et n'allez pas chercher si loin de doux tableaux.
Détruisez le divorce où périt la famille :
Vous regardiez au ciel où votre étoile brille,
Et le père oublié, trop souvent méconnu,
S'est éloigné de vous et n'est plus revenu.
Gardez le Dieu vivant, sans vous draper en juge !

Qu'il reste votre ami, qu'il soit votre refuge ;
Mais ne condamnez pas, d'un air sec et hautain,
Le penseur sérieux levé dès le matin
Et pâlissant, troublé, sur ces sombres problèmes :
Ne faites pas sur lui tomber vos anathèmes.
N'accusez pas tous ceux qui, moins tendres que vous,
Ne peuvent, sans comprendre, abaisser leurs genoux.
La femme doit toujours demeurer sage et douce :
De son toit protecteur, que rien ne nous repousse,
Qu'elle ne mette pas l'Église en son foyer.
La maison et l'autel, sans se répudier,
Par des chemins divers élèvent l'âme humaine.
On peut être croyant et citoyen sans haine.
Si l'un auprès du sol se trouve retenu,
Si l'autre veut gravir jusqu'au grand inconnu,
Sincères tous les deux, tous deux sont respectables :
O Femmes, pour tous deux, soyez donc équitables !
Comprenez ce grand mot par nos pères légué,
Apaisement béni du monde fatigué,
Et ne confondez pas la noble tolérance
Avec la corruptrice et lâche indifférence.
Le soleil, tour à tour, rit à plus d'un coteau :
Chacun peut l'admirer, brillant sur son drapeau.
Ainsi, la vérité, dans sa course erratique,
A des rayons divers sans cesser d'être unique.
La nature à chacun donne son aliment :
L'homme à la raison croit, la femme au sentiment !

Qu'ils ne demeurent pas aux deux pôles extrêmes,
Qu'ils s'empruntent leur Dieu sans cesser d'être eux-mêmes.
L'homme y pourra gagner un orgueil moins étroit,
Et la femme y puiser un sentiment plus droit.

L'union resserrée en cet accord tacite,
Ne sera plus chez nous un semblant hypocrite,
Et les enfants, ravis aux disputes sans fin,
Grandiront doucement sans trouble et sans chagrin.
Le respect de l'honneur, la flamme du courage,
La passion du beau dans l'élan de leur âge,
D'un cœur candide et fier l'utile fermeté,
Le mépris des méchants et l'exquise bonté :
Voilà ce qu'ils sauront offrir à la Patrie
Pour relever sans bruit sa fortune trahie !

O femmes, c'est à vous de changer le destin.
Vous n'avez pour cela qu'à nous tendre la main,
Qu'à combler le fossé qu'une crise funeste
Élargit tous les jours entre nous sans conteste ;
Car ce peuple, autrefois affamé d'unité,
Se meurt en cet instant de multiplicité,
Et la division, inepte et misérable,
Fait de tous les Français autant de grains de sable.
Soyez donc le ciment énergique et vainqueur,
Faites prendre la masse et rendez-lui son cœur.
Ramenez la concorde au foyer domestique,

Prenez part avec nous à la chose publique ;
Sans oublier le temple, adorez la maison,
Car c'est de là que sort toute la nation !
Le Prussien blessé, cruellement tenace,
S'étonne de nous voir tant de vie et d'audace.
Étonnez-le bien plus en ramenant la paix
Sur un sol dont il croit qu'elle a fui pour jamais.
Plus d'orgueilleux partis, la France souveraine,
Embrassant tous ses fils que son amour entraîne !
Vous avez dans vos mains ce noble résultat :
La paix dans la maison la fera dans l'État !

Janvier-Février 1872.

PARIS. — J. CLAYE, IMPRIMEUR, 7, RUE SAINT-BENOIT. — [403]

www.ingramcontent.com/pod-product-compliance
Lightning Source LLC
LaVergne TN
LVHW051148060726
842526LV00006B/2274